UN PIÉGE

TENDU

Au sieur B^{nd} MIR aîné, de Cenne,

PAR MESSIEURS

GUILHOU jeune et les fils de GUILHOU jeune,

DE PARIS.

1857

Toulouse, Imprimerie de J.-M. Pinel, place Louis-Napoléon, 5.

ÉCOUTEZ.

Craignez l'homme de cœur que vous avez rendu
besoigneux en lui extorquant le bien qu'il avait
acquis par de longs et pénibles travaux,

B. M. a.

MM. Roustic frères, fils de l'aîné, fabricants de
draps à Carcassonne, par leur lettre du 29 mai 1843,
répondaient à M. Gratien Milliet, juge au tribunal de
commerce de la Seine, en ces termes : Quant à la
maison Guilhou, c'est une famille qui s'intrigue beaucoup, qui se donne des peines infinies pour paraître
faire beaucoup d'affaires, qui est toujours en mouve-
ment, et qui pourrait bien avoir adopté pour règle
de conduite, ce conseil d'un négociant hollandais :
*gagne de l'argent, mon fils, honnêtement, si tu peux,
mais gagne de l'argent.*

Nous en sommes fâché pour ceux de nos lecteurs
qui croyaient voir dans les Guilhou, la perle des
maisons lainières de France, car les informations de
MM. Roustic frères, fils de l'aîné, à MM. Gratien
Milliet, ternissent déjà sa beauté ; mais nous allons
faire tomber tout son éclat, en prouvant que le conseil du négociant hollandais est celui que Guilhou

jeune et les fils de Guilhou jeune ont toujours mis en pratique.

Nous savons bien qu'un commerçant dont la parole est séduisante, intelligente et apparemment grave, sait s'attirer la bienveillance et l'estime, alors qu'il s'efface derrière une fâcheuse arrière-pensée ! Nous savons bien que de tels hommes, sous ce masque trompeur, ont le pouvoir de faire passer pour moraux leurs faits indélicats !... Nous savons bien que la fortune, aujourd'hui, fascine le monde et qu'elle étouffe dans des bouches obligées, l'expression secrète d'une conscience indignée!... Mais nous savons aussi que lorsqu'une main courageuse déchire le voile, ces mêmes hommes, accablés sous le poids de la honte, ne peuvent soutenir le mépris qu'ils inspirent, et, allant de chute en chute, leur naufrage moral entraîne quelquefois celui de leur fortune !...

Fatalement entraîné dans un dédale d'affaires, où Pistre aîné, de Carcassonne, fit tant de victimes, le sieur Mir fut celui qui devait en ressentir les effets les plus douloureux, car les piéges qu'on avait dressés contre lui s'étendaient jusque dans la maison Guilhou jeune, beau-frère de Pistre aîné. Ce Pistre s'était lié avec le sieur Mir par des opérations de banque ; il lui prenait en négociation toutes les valeurs que lui fournissait son commerce; un compte s'était établi entr'eux ; Pistre, dont la fortune ne s'était point accrue, avait sollicité souvent, et obtenu du sieur Mir, plusieurs signatures de complaisance ; à l'échéance de chaque effet, il se faisait un renouvellement, et Pistre fournissait exactement les fonds pour leur acquit.

Ces effets qui, depuis longtemps, s'offraient à la négociation, tombèrent dans le discrédit; les capitalistes n'en voulaient plus; et de ce côté la caisse de Pistre éprouvait quelques embarras. Mais à l'égard de Mir il n'était pas à bout de moyens pour obtenir des engagements propres à faire de l'argent; il savait qu'il possédait des biens immeubles; il le prépare, le prie, le circonvient et cherche à lui faire consentir un acte d'obligation de quinze mille francs à l'échéance de trois ans.

Mir tout d'abord résiste, mais Pistre l'obsède : il lui représente que cet acte n'a pas plus d'importance que les billets de complaisance qu'il lui souscrit, que son crédit n'en souffrira nullement, attendu que sa caisse et ses laines sont à sa disposition, qu'il paiera cet acte à son échéance comme il paie ses billets de complaisance, qu'il sera négocié à son beau-frère Rives aîné, de Bayonne, et qu'il ne sortira pas de la famille.

Le sieur Mir cède, et l'acte se passe sans retard; cela se conçoit; mais ce n'est pas dans les mains de Rives aîné, de Bayonne, qu'il va s'enfouir; il avait une autre destination! Pistre devait quarante mille francs à son beau-frère Guilhou jeune; il lui en fait la cession.

Voilà un pas déjà fait vers le but qu'on voulait atteindre. Arriva quelques mois plus tard la faillite de Pistre, mais elle avait été prévue et tout s'était réglé de manière à ne pas être évincés dans la possession de cet acte.

Cependant, il y avait des embarras à surmonter, c'était une signification à faire au sieur Mir de l'acte de cession, et surtout une opposition à attendre de sa part, et une fin de non recevoir par suite d'une discussion judiciaire.

Mais on avait l'habitude de serrer la main à cet homme si confiant, il ne fallait que réunir habilement quelques faits, les lui présenter gracieusement, et s'aider du concours d'un homme d'affaires pour faire tomber de ses mains l'arme que lui donnait son droit pour l'opposition qu'il pouvait former. Enfin, Guilhou jeune fait signifier à Mir la cession de l'acte d'obligation de quinze mille francs faite par Pistre. Mir, on s'y attendait, se transporte de suite chez le cessionnaire, et le prévient qu'il ne doit rien de l'acte dont la cession lui a été signifiée, qu'il est prêt à le prouver et qu'il va former opposition, à moins d'une condition qui neutralisât les effets de la signification. M. Guilhou jeune, et M. Numa Guilhou, son fils, le reçurent avec affabilité : « Nous savons, lui dirent-ils, que vous êtes fondé dans vos motifs d'opposition ; » ils l'invitèrent à se rendre avec eux chez Me Maurel, leur avoué, pour aviser ensemble à toute résolution ultérieure touchant les intérêts de toutes parties.

On se rend chez cet homme d'affaires ; la question d'opposition est dans la bouche de Mir ; on l'examine, on débat ses motifs ; on la déclare inopportune par qu'elle est sans objet. Voici ce qui se passa dans cette réunion que présidait Me Maurel.

Pistre, disaient les Guilhou, nous doit une forte somme; nous avons de sa mère une garantie qui repose sur sa maison d'habitation, nous sommes en instance devant le tribunal civil pour nous la faire adjuger, nous serons reçus, c'est inévitab'e, Me Maurel nous en donne sa foi. Or, l'acte de cession devenant sans utilité, l'opposition devient inutile aussi.

Voilà le discours des Guilhou père et fils. Me Maurel, de sa puissante autorité et de sa parole gravement accentuée, en consacra la conclusion.

Le sieur Mir n'avait à douter de rien, chaque acteur avait été irréprochable dans son rôle!... il se retira croyant emporter l'acquit de son acte d'obligation de quinze mille francs, il le trouvait dans la parole des Guilhou père et fils, qui, à ses yeux, valait une renonciation écrite.

Enfin, voilà le renard endormi, se dirent ces Messieurs, laissons-le sommeiller pendant le délai qu'accorde la loi pour procéder à une opposition, et nous aviserons ensuite à son réveil!...

Mir, en effet, était fort tranquille; et tout embarras cessant pour lui de ce côté, il eut hâte de partir pour Paris, où l'appelait le fameux procès Lajoye. Il est maintenant tout entier à cette affaire, il poursuit Lajoie avec toute la vigueur et le zèle que lui suscite le préjudice qu'il en a éprouvé.

Par une démarche hardie, il avait déjà imprimé au

procès un caractère qui garantissait les résultats qu'il s'était promis ; Guilhou jeune en eut vent ; les délais pour l'opposition étaient expirés ; il fit procéder à une saisie-arrêt dans les mains de Lajoye, en vertu de l'acte d'obligation de quinze mille francs, dont il était alors le porteur légal.

Décidément Guilhou jeune a levé le masque : il poursuit à Paris, il poursuit à Castelnaudary, devant le tribunal civil, l'expropriation des biens du sieur Mir ; il est dans la légalité, dans l'exercice de son droit, mais le lecteur sait à quel titre ! Il peut déjà juger en pleine connaissance de cause de l'exactitude du renseignement que fournissaient MM. Roustic frères, fils de l'aîné, à MM. Gratien Milliet, de Paris, touchant la moralité des Guilhou !...

Si quelque intérêt, froissé par le récit qui précède venait faire ici de la controverse, le sieur Mir en arrêterait l'élan et les effets, en offrant de prouver aujourd'hui même, qu'il avait le moyen de faire prononcer la nullité de son acte d'obligation en faveur de Pistre ; (sa position et son compte avec celui-ci s'établissent par la correspondance ; mais par des livres !) l'argument est sans réplique !...

Enfin, le sieur Mir voit ce vandalisme, cette exécrable spoliation, il ne sourcille pas, mais son cœur bondit !... Mille projets divers se heurtent dans son brûlant cerveau ! quelquefois ils sont sinistres !... il les comprime pourtant, parce qu'il se doit à l'affaire considérable qui l'attache à Paris.

Les poursuites dirigées contre lui, devant le tribunal civil de Castelnaudary, s'étaient menées bon train, on était sur le point de faire procéder à l'expropriation ; mais tout-à-coup elles cessent, et Guilhou jeune semble revenir à des dispositions meilleures ; voici ce qui se passait :

Ici les fils de Guilhou jeune succèdent à Guilhou jeune, leur père. Le siége de leur maison était à Carcassonne ; ils avaient essayé d'une succursale à la capitale et reconnu que cette maison, sous la gestion d'un homme expérimenté, vigoureux, pouvait leur donner de grands résultats. Ils avaient vu pendant plusieurs années le sieur Mir à l'œuvre dans des affaires pénibles et très-difficiles ; ils jetèrent les yeux sur lui. En effet, l'un d'eux, le plus sérieux, M. Numa, vient à Paris, et lui offre, aux appointements de cinq mille francs, la gestion de la maison importante qu'ils venaient d'y établir.

Cette proposition fit cesser toute rancune, elle devait avoir cet effet sur le sieur Mir, car cet homme essentiellement généreux et reconnaissant, embrassant de son œil rapide les effets de l'avenir, voyait dans cet emploi la large compensation du préjudice qu'il éprouvait, par suite de la surprise dont Guilhou jeune l'avait rendu victime.

On se communique, on s'entretient de la chose ; mais le sieur Mir qu'on pressait déjà pour se mettre à la tête de la maison, voulut ajourner sa mission à quelques mois, parce qu'il croyait voir au bout de ce temps, la fin du procès Lajoye, qui avait pour lui des résultats assurés ; et de là, ses coudées libres pour se livrer à la gestion proposée. M. Numa voulut bien y souscrire, mais il demanda néanmoins au sieur Mir un moyen de solution touchant l'acte d'obligation de quinze mille francs ; il se traduisit en une transaction à laquelle, malgré tout, le sieur Mir concourut de gaîté de cœur, car il y trouvait une diminution sensible pour le chiffre de la somme à payer, et la faculté de fractionner sa libération de manière à ne pas trop écorner ses émoluments. Le prix de la transaction fut fixé à 7,500 fr. Cette somme devait être prise sur les résultats du procès Lajoye.

Nous allons nous saisir ici d'une preuve de cette monomanie d'arrière-pensée, qui caractérise M. Numa Guilhou ! Les voilà d'accord sur le prix de la transaction ; mais le sieur Mir voulait la faire reposer sur un acte sous signature privée ; il en exprima le désir. C'est inutile, lui répondit en maître M. Numa, je vais écrire nos conditions sur mon calepin ; et pour plus de sûreté, nous allons entrer chez Mᵉ Nadot, notre avoué, qui les retiendra sur un dossier, et là, quand arrivera la fin du procès Lajoye, nous aurons notre loi.

C'est ainsi que tout se régla. Le sieur Mir n'était pas satisfait ; mais décemment il ne pouvait pas aller à l'encontre de ce vœu, car les manifestations de bienveillance et de confiance dont le comblait M. Numa Guilhou, en le mettant à la tête de sa maison de Paris, lui interdisait toute objection.

Enfin, ce fut sur ces deux titres éventuels que reposa la composition qui venait d'avoir lieu.

Quelques mois se passent et le procès Lajoye n'avait fait qu'un pas. Le sieur Mir ne pouvait point s'en détacher, car son adversaire qui ressentait de plus en plus l'efficacité de tous ses moyens, concentrait pour lui échapper toutes ses ressources dans des incidents sans fondement, qu'il soulevait à tout propos; il devait lui faire face.

Les fils de Guilhou jeune, pour gérer leur maison, ne pouvaient pas, avouons-le, s'assujettir à tant d'éventualités; ils se donnèrent un représentant. Le sieur Mir vit là s'évanouir toutes les espérances qu'il avait conçues de son emploi dans la maison Guilhou, pour se récupérer des 7,500 fr. qu'il avait pris l'engage- de lui payer; cette dette lui pesait au cœur!...

Enfin, trois ans après l'époque où l'accord de 7500 fr. s'était accompli avec M. Numa, arriva la fin du procès Lajoye, sa solution fut une condamnation, en faveur de Mir, de trente mille francs. Cette somme ne devait point lui être payée entière par Lajoie, parce qu'il avait reçu une saisie-arrêt de la part des Guilhou. Mais, en vertu de l'accord précité, Mir n'avait qu'à laisser dans les mains de Lajoye 7,500 fr. pour payer les Guilhou, et là se trouvait sa libération définitive. Mais, hélas! il n'avait bu que le calice, il avait encore à boire la lie!...

M. Martial Guilhou, membre de la société, les fils de Guilhou jeune, par suite de la mort du représentant de sa maison de Paris, la gérait lui-même; il avait l'oreille au procès Lajoye; il savait l'arrangement qui avait eu lieu entre son frère Numa et le sieur Mir; il veut enchérir sur cette transaction de 7,500 fr., et faire ainsi preuve de plus de stratégie commerciale, quoique M. Numa n'en manquât pas, car il avait eu l'extrême précaution de ne faire reposer l'accord de 7,500 fr. que sur son calepin et sur un chiffon de papier chez son avoué Nadot! Enfin M. Martial veut, sans secousse, toucher l'intégralité de la somme saisie dans les mains de Lajoye, 15,000 fr. Cependant le pacte fait avec M. Numa s'était gravé dans l'âme du sieur Mir; il n'avait pas, sans doute, force de loi, puisque rien n'avait été signé, mais pour le détruire, il fallait du scandale, car Mir est sérieux à l'endroit d'un accord fait sur l'honneur!... Patience! M. Martial Guilhou connaît le cœur humain; il sait que celui de Mir est d'une excellente nature; il sait que les faits prouvés à demi triomphent de sa sévérité, témoin sa crédulité chez Me Maurel, avoué à Carcassonne; il a déjà préparé le moyen, il aura raison de sa résistance.

M. Martial connaissait à Paris une tannerie, système Turnbull, qui, au premier coup-d'œil, offrait une fortune à tous ceux qui y trouveraient un emploi pour la propager; mais en somme c'était la montagne en travail! Le directeur de cette tannerie, M. Dussard, lui portait de l'intérêt. M. Martial se hâte de lui présenter Mir; car il voyait arriver la fin du procès

Lajoye, qu'il attendait avec impatience pour exécuter, dans toute son étendue, la saisie-arrêt dont il a été parlé. M. Dussard fait de larges promesses, et Mir qui croit avoir trouvé là un filon d'or, est rayonnant de joie. M. Martial prend la balle au bond ; il saisit ce moment d'illusion pour rappeler au sieur Mir le paiement qu'il a à remplir de son acte d'obligation, dont la somme est saisie dans les mains de Lajoye. Mir lui oppose sa composition avec M. Numa de 7,500 fr., et s'avoue le débiteur de sa maison de cette somme seulement. M. Martial l'écarte sous le prétexte qu'il ne la connaît pas, qu'au surplus elle n'a pas de caractère légal, et il ajoute que, dans tous les cas, il y aurait de sa part ingratitude à refuser une libération entière, en présence de cet avenir fortuné qu'il vient de lui ouvrir dans la tannerie Turnbull, il veut recevoir toute la somme !

Le sieur Mir, plein de confiance et d'espérance, eût souscrit à sa demande, si les résultats du procès Lajoye lui en avaient donné le moyen ; mais toute distribution faite, il ne lui restait que dix mille francs ; il les offrit à M. Martial Guilhou.

Touché de l'exactitude que le sieur Mir avait mis à lui faire connaître sa situation, M. Martial accepta cette somme, mais elle ne le rassasiait pas, car il exigea de Mir la souscription de deux billets pour trois mille francs, qui étaient payables dans un et deux ans ; il les consentit sans sourciller, car la saisie-arrêt qui pesait sur lui chez Lajoye au profit de

Guilhou, le mettait à leur discrétion ; toutefois, pour payer ce solde de trois mille francs, Mir comptait sur cette mine d'or que M. Martial lui avait montrée dans la propagation de la tannerie Turnbull. Mais, hélas ! là n'était qu'une fiction, un leurre, car quelques jours après le paiement des dix mille francs dont il vient d'être parlé, il ne sortait de cette mine d'or que de la fumée !... Le système Turnbull n'était qu'un rêve !

Là finissent les travers, les malheurs que devait susciter au sieur Mir l'acte d'obligation qu'il avait souscrit complaisamment à Pistre en passant par la terrible filière des Guilhou jeune, Numa Guilhou et Martial Guilhou ! Disons-le, jamais conscience élastique ne dressa plus artificieusement ses piéges ! jamais victime ne trouva de plus durs sacrificateurs ! Le sieur Mir, quelle que fût son expérience, ne pouvait point se soustraire aux traits que l'habileté la plus fourbe dirigeait sur lui, il fut frappé mortellement ! Il ne montre aujourd'hui ses blessures au monde que pour en faire connaître la cause et pour démasquer Guilhou jeune et les fils de Guilhou jeune, qui l'ont si traîtreusement assailli !...

Gagne de l'argent honnêtement, si tu peux, mais gagne de l'argent, disait à son fils un négociant hollandais.

Ainsi ont dit et fait Guilhou jeune et les fils de Guilhou jeune, témoins MM. Roustic frères, fils de l'aîné, et

B. MIR aîné